이극래 시선집 정情, 그 아름다운 이미지Image

1판 1쇄 펴낸날 2021년 10월 30일
지은이 이극래
발행처 (재)공주문화재단
펴낸이 이재무
책임편집 박은정
편집디자인 민성돈, 장덕진
펴낸곳 (주)천년의시작
등록번호 제301-2012-033호
등록일자 2006년 1월 10일
주소 (03132) 서울시 종로구 삼일대로32길 36 운현신화타워 502호
전화 02-723-8668
팩스 02-723-8630
홈페이지 www.poempoem.com
이메일 poemsijak@hanmail.net

ISBN 978-89-6021-592-4 03810

값 10,000원

*본 도서는 (재)공주문화재단(대표이사 : 문옥배) 사업비로 제작되었으며, 「2021 공주 이 시대의 문학인」 선정 작품집입니다.

정情, 그 아름다운 이미지Image

이극래

천년의시작

시인의 말(Prologue)

흔히 '세월은 인간을 기다리지 않는다(歲月不待人: Time and tide no waits for man)'고 합니다. 문단에 앳된 얼굴을 내민 지 어언 40여 년의 세월도 그렇게 어디론가 덧없이 떠나가 버렸네요.

그동안 숱한 문인들과 더불어 문단 생활을 하며 작품 활동 못지않게 문학단체 봉사활동도 많이 벌이어 오면서 수필을 비롯한 다른 장르에도 꽤나 기웃대고, 거기에다 작품의 양量보다는 질質을 더 중시하다 보니 그 분량은 그리 많지 않습니다.

그러던 중 뜻밖에 얼마 전 공주문화재단에서 외람스럽게도 저에게 「이 시대의 문학인」의 한 사람으로 추천을 하시어 너무 고맙고도 무거운 마음으로 본 소품小品을 펴내게 되었습니다.

신작新作 일부와 제 시집에서 몇 편 선정을 하고, 시의 한 장르인 시조의 이해와 감상을 위한 글을 넣어 엮은 시선집詩選集으로 독자 여러분들의 정서 생활에 조금이라도 도움이 된다면 더없는 보람으로 여기겠습니다.

　끝으로 '자연으로 돌아가라(Return to nature)!'는 프랑스의 위대한 사상가 루소(Rousseau. J. J, 1712~1778)의 말처럼 저도 그렇게 자연自然을 사랑하는 생활 속에서 더 새로운 아름다움의 세계를 작품으로 창조해 나아가면 얼마나 좋을까 하는 생각을 해 봅니다.

　감사합니다.

2021. 10월

이극래

차 례

시인의 말

제1부 정情, 그 아름다운 이미지

오늘도

친구여, 오늘도 고향의 품 안처럼
아늑한 일터로 가뿐히 나아가는 길
그리 함께 가다 잠시 조심해 보면
밝은 안전安全이 자리하고
그저 방심하다가는
어두운 불안이 때로 튀기 마련이지.

친구여, 꿈이 있는 곳에 길이 있다네.
이 아침 무지갯빛 먼동을 그리며
코로나보다 더한 고비들도 헤치고
그 고운 꿈길로 지하철 전동차같이
오늘도 안전히
그리고 힘차게 나아가 보세.

* 2020년 서울시 지하철 안전 홍보용 시 공모 당선작.

친구여 3
─공주사대 12회 동문회에 부쳐

친구여, 오랜만의 친구여
흐르는 구름처럼 덧없는 세월 속에서도
오늘 친구를 만나는 이 자리는
정녕 축복이 아닐 수 없다네.
언제부터인가 멀어진 우리들 우정도 다시 만나고
세월 저편으로 건너간 내 추억의 조각들도
다시 주워 보게 되기 때문이지.

누구나 젊어서는 꿈을 먹고 살고
늙어서는 추억을 먹고 사는 게 인생이라네.
그것이 아픔이든 기쁨이든
그러한 추억을 우리가 보듬고 사는 건
바로 오늘이 아니겠는가.
그 누가 말했던가,
당신이 낭비한 오늘 하루는
누군가 그렇게 살고 싶어 하던 그 사람의 미래라고.

친구여, 아름다운 우정을 사랑하는 친구여
오늘이 내 인생의 첫날이요, 마지막 날이라고
생각해 보며 더 건강하고 즐겁게 지내 보세.
그리고 남아 있는 희망을 향하여 힘차게 나아가 보세.

그러면, 행운의 여신은 그대에게 아름다운 미소를 보내며
'행복한 노년'이라는 선물을 듬뿍 안겨 줄 걸세.

언제나 만남은 헤어짐을 낳고
헤어짐은 또 만남을 낳는다 했지.
친구여, 우리 그러한 인연으로
머지않아 다시 반갑게 만나 보세.

하얀 미소
—이쁜이

궁남지 운동길
새벽이 열리면

연못가 막 벙그는
연꽃 하얀 미소처럼

불현듯 그리운 이미지
머리로 맴돌고

머나먼 남녘 소식
귀띔해 주는 마파람에도

연잎 물방울로 구르는
간지로운 수줍음.

보현이

애완견 보현이는 우리 집 장난꾸러기
꽃잎에서 놀고 있는 호랑나비 잡으려고
발꿈치로 팔짝팔짝 뛰다가 넘어졌대요.
그래도 멍멍멍 짖어대는 우스운 모습에
햇님도 방긋방긋 부처님도 방긋방긋

애완견 보현이는 우리 집 귀염둥이
뜨락에서 제 그림자랑 술래잡기하려고
살금살금 돌다가 주저앉아 잠이 들었대요.
따스한 가을볕 쏟아지는 꿈나라 길에서
엄마도 만나 보고 보살님도 만났을까.

사랑의 모자이크mosaic 7
—하니

어느 날 우연히
길섶 들꽃을 스쳐 간 하얀 나비

만남은
또 만남을 낳아

가시넝쿨 속 장미처럼
그렇게 장식한 열정

시나브로 벽을 넘어
한밤을 사르고

허공 멀리 머물
몇 조각 추억

아, 하니
그 이미지.

동백꽃
—H. J

겨울 여행 끝자락
우연히 시선이 꽂힌 숲길엔
떨어진 동백꽃 한 송이
빨간 미소를 띠고 있었다.
고추바람처럼 매콤한
추억의 편린일까
가지를 떠난 뒤에도
향기로운 그 이미지

나도 누군가에게
한 떨기 동백 꽃잎이고 싶다.

삶 그리고 죽음

살아도
사는 게 아닌 이가 있고

죽어도
죽는 게 아닌 이도 있다.

사는 것같이 살다가
무언가 남기고 떠날까 봐.

우문 우답愚問 愚答

하늘에 별이 없다면
별 볼 일 없지.

땅에 물이 없으면
나도 없어.

역시 귀하지
않은 게 없군.

아, 충무공忠武公

그 무렵 악몽에
마구 할퀴던 풀뿌리들로
차마 눈감지 못하여
선뜻 한 줌 영혼마저 내던진
핏빛 오열嗚咽일까
오늘도 파도 소리
바다를 삼키고

저녁놀 담뿍 비끼는
수평선 멀리
한 자락 초토焦土를 애틋이 보듬고서
남 몰래 한밤을 사르던
그의 잔영殘影이
쪽빛 파도를 타고
사뭇 가슴으로 파고든다.

먼동

향일암에 오르는 새벽길
일찌감치 아침놀은 수평선에 걸터앉아
어둠을 문지르며
먼동을 틔우고 있다.

어둠의 끝자락엔
반드시 밝음이 묻어 오듯
우리들 어떤 가시밭길도 그러리라는
한 조각 꽃구름에 고갤 끄덕여 보고

홀로 보기 아쉬운 한 폭 수채화
누구라도 손짓하고 싶은데
향일암 범종 소리
남해 새벽을 깨우고 있다.

파도

누구나 젊어서는 꿈을 먹고
늙어서는 추억을 먹고 산다기에
이름처럼 물빛 고운
여수麗水 해변에 가 보았지.

인파人波에 밀리는 파도
다시 시간에 밀리어
아스라이 일렁이는 뒤안길
다가오는 눈부신 햇살도
모두 수평선으로 너울대고

얼마나 지났을까
저녁놀에 빠져들다가
되돌아보는 해변 멀리
나는 발자국들을 남기고
파도는 그것을 지우고 있었다.

제2부 불심佛心을 작곡한 가사들

마음의 눈

쪽빛 하늘 한두 조각 떠도는 연못가의
연잎에 젖어들 듯 떨어지는 물방울
신기한 듯 다가가서 보는 아기의 모습엔
부처님의 자비로운 눈길이 어리고
은은하게 들려오는 법당法堂의 종소리는
저녁노을 번지듯이 온 누리에 퍼지네.

가을 햇살 간지로운 산사山寺의 담장 곁에
아기와 함께 앉아 재롱떠는 강아지
가만가만 쓰다듬어 주는 아기의 손길에
어느 새 강아지는 사르르 잠이 들고
물끄러미 바라보는 아기의 눈동자엔
보살님의 자비로운 미소가 어리네.

마음의 눈을 뜨고 이 세상살이 생각해 보니
아아, 모두가 부처님의 자비로운 눈길 같고
아아, 모두가 보살님의 다사로운 미소 같네.

* 한국불교 찬불가사 공모 대상 당선작.

Eyes of the mind

One or two pieces of the indigo sky floating on the shore
of the pond
  The way a baby approaches and looks at the water drops
  That seem to get wet on a lotus leaf
  I see the merciful gaze of the Buddha
  The soft sound of the temple bell
  It spreads all over like the evening glow.

  By the wall of the mountain that tickles the autumn sunlight
  Puppy sitting with baby and flirting
  At the touch of the baby gently pets of puppy,
  Suddenly the puppy fell asleep
  In the eyes of a baby staring softly
  I see the bodhisattva's merciful smile.

When I open my mind's eyes and think about the life of
this world
  Ah, all are like the merciful gaze of the Buddha.
  Ah, everyone looks like a bodhisattva's sweet smile.

* Translated by Sue Anne Nam Aesook.

32

밤비

창밖은 비에 젖고 가로등도 잠에 젖는데
어이해 밤새 몸살이 나는가 뒤척이는 내 베개
아, 잠 못 드는 자에게 밤은 더 길고
법 모르는 이에게 길은 더 멀다 했던가.

밤비에 서성이는 내 마음도 가라앉는데
누군가 점점 다가오는 듯한 바람 소리 물소리
아, 사랑하는 사람은 못 만나 괴롭고
미워하는 이들은 만나서 괴롭다 했던가.

백팔배百八拜

달빛도 졸고 있는 법당에 홀로 서서
오락가락하는 마음마저 재우려 함인가
일배 일배 또 일배 마침내 백팔배
땀방울 씻듯이 내 마음도 씻어 보니
비로소 아스라이 보이는 부처님 해맑간 미소

바람도 비켜 가는 대웅전 적막 속에
백팔번뇌마저 밤새도록 사르려 함인가
일배 일배 또 일배 마침내 깨친 맘
새벽이 열리듯 내 마음도 열어 보니
비로소 어렴풋이 들리는 부처님 따스한 법어.

탑塔

탑을 돌자 탑을 돌자, 너도 나도 함께 돌자
백팔 번 탑을 돌고 백팔번뇌 날려 보자.
돌다가 피로하면 쉬고도 돌면서
깨끗한 마음 튼튼한 몸, 두 손 모아 부지런히 길러 보자.

탑을 돌자 탑을 돌자, 지성으로 섬겨 보자
지구가 돌아가듯 한결같이 탑을 돌자
돌다가 쓸쓸하면 손잡고 돌면서
뒤따라오는 새소리들, 꽃향기는 부처님께 공양하자.

동승 童僧

햇살도 따스한 산사의 뜨락에서
또래와 놀고 있는 까까머리 앳된 동승
술래잡기하다가 흙물 튀긴 옷깃에도
보살님 미소처럼 방긋방긋 웃는 입술
까만 눈동자엔 하늘 한 조각 어려 있네.

향 내음 흐르는 법당에 사뿐 앉아
목탁을 꼬옥 쥐고 따라 외는 염불 소리
엄마의 자장가로 어렴풋이 들리는지
끄덕끄덕 졸다가 노스님 기침 소리에
사르르 눈떠 보니 부처님 방긋 웃고 있네.

암자庵子

구름도 쉬고 가는 산마루에 걸터앉아
봄 햇살 목욕으로 뽀얀 살갗 간지러워
암자도 한나절 끄덕끄덕 졸리고
막 처마를 스쳐 가는 바람 소리 풍경 소리

뜨락에 아물아물 피어나는 아지랑이
솔솔솔 문틈으로 새어 나는 독경 소리
멧새도 사뿐히 매화 가지 앉아서
눈동자를 말똥말똥 고개는 갸웃갸웃.

거울

내 동생 옥이는 귀여운 어린이
거울 보고 방긋방긋 예쁘게 웃으면
거울 속도 방긋방긋 따라서 웃어 주고
놀다가 삐치어 실룩샐룩거리니까
거울 속도 함께 실룩거리며 바라봐요.

미미는 우리 집 귀여운 강아지
거울 앞에 인형 물고 신나게 놀다가
거울 속에 비친 인형 그것도 갖고 싶어
멍멍멍 짖다가 제 입에 문 인형마저
땅바닥에 그만 떨어뜨리고 말았대요.

방생放生

어느 날 강변에서 데려온 물고기
가엾어 강변으로 데려다주었다.
다시 만난 새 세상, 꼬리 치며 노는 중생
수면에 일렁이는 쪽빛 파문 멀리
비늘처럼 번득이는 불심佛心이 인다.

강변을 거닐면서 무심無心에 젖는데
수심에 내려앉은 흰 구름 한 조각
물고기 헤엄인 양 한가로이 맴을 돌고
가벼이 씻겨 가는 먼 발자욱 뒤로
어디론가 바람 따라 흐르는 마음.

인연因緣

겨우내 헤살 짓던 고추바람에도
화단 매화나무 가지에 마실 나온
이른 봄 햇살이 꽃망울을 틔우고 있다.
부처님 침묵 속 하얀 미소처럼
자연의 신비가 번지고 있다.

언제쯤 날아왔나 텃새 한 마리
나뭇가지 앉아 고개를 갸웃댄다.
살포시 눈뜨는 어느 인연의 순리일까
깃털을 스치는 하늬바람 따라
날갯짓 저 멀리 먼동이 튼다.

제3부 앳된 얼굴, 기타

하나둘

하얀 햇살이
겸연쩍게 기웃대는
벌거숭이 개펄
아이들이 바람과 놀고 있네.

풀피리
모래성
종이배마다
하나둘 하늘이 열리네.

푸르름을 먹다 못해
물방울로 뚝뚝 떨어지는 소리
저 가득한 하루들이
핥고 가는 내 풋잠

목이 쉬어 버린 강줄기
아이들은
배를 띄우고
하나둘 흩어지는
별빛 동공 깊이
숱한 계절들이 반짝이고 있네.
가녀린 목소리들 흐느끼고 있네.

* 「그림자」 「허수아비」와 함께 1980년 『현대문학』 제1회 추천 작품.

one by one

On the naked mud‒flat,

White sunshine

Peeks skyly

And children play with the wind

Every reed,

Every sandcastle

Every paper ship

One by one, the sky opens.

Not having fresh green to the skin,

The sound drips,

The numberous days

Pass by liking my light sleep

On a hoarse river

Children

Set a ship afloat

And many seasons deep in pupils

Like stars scattering one by one

Are twinkling

The feeble voices are sobbing.

그림자

어쩌다 창문을 닦다가
쉬는 시간
산실産室의 흐름같이
싸늘하게 닿는 게 있네요.

어디쯤 가서
막 접을 듯 펴는
한 점
초점.

언제라도
떠날 만한 채비로
가만히 문을 열어 봅니다.
대지를 문지른 어둠이
시나브로
햇살을 낳으려 떠는군요.

한밤을
갉아먹는 괘종 소리
내 베개 몸살이 나는
하루의 뒤안길로

한 줄기 섬광을 쏘아 놓고
사뭇 서성대는
그림자.

허수아비

이즈음
날이 새야
바람의 헤살을 잡아
그나마 철새들을 만나지 못하네
차마 풀잎과도 만나지 못하네.

허수아비는
비스듬 쓰러졌네.

더 퍼낼 것도 없는
한 조각 냉가슴
바래져 가는 사투리
회오리바람 헛갈려 이네
처용處容이 덤으로 춤을 추네.

거칠은 숨결들
칼질하는 틈으로
떨리는 육성이야
먼지같이 날리네.

허수아비는
한숨 짓네.

보름달

한가위
보름달은
큰누나 얼굴
마구 색칠한 구름 새로
옥이네
돌이네 뜨락을
아이들과 놀까 하여
기웃댄다.

텔레비전 앞
아이들 눈길
한눈 한번 팔지 않아
을씨년스런 얼굴
동화나 읽다가
달빛을 타고 내려오다
안테나에 걸린
계수나무 이야기야
바래 가는 사투리

차마
바람에도 떠는 이야기

버릴까
주울까
겸연쩍은 달빛
텅 빈 뜨락으로 주저앉아
싸늘한 내 꿈의 잔해
어둠보다 짙게 가위눌려
이렇게 길어진 밤이여.

* 「금강」「꽃」과 함께 1981년 『현대문학』 제2회 추천 완료를 받은 등단 작품.

금강錦江

강변에 가 보면
기러기 떼
지난해 겨울을 덮은
쪽빛 울음을 물고 와
내 마음
조각배로 띄운다.
행여 숨을 죄도
날마다
한 줄기 흐름은
목이 쉰 파도 소리

바람 한 점 쉴 겨를
하늘 한 조각 앉을 자리 없이
도심都心 멀리
시나브로
하나의 점이 되는
개펄로
기러기 떼
파도 소리를 몰고 가다
배에는 별빛들이 가득 누워
비늘같이 번득이고
비늘같이 번득이고.

꽃

초승달
훔쳐보다
새댁처럼 수줍음이
시리다 못하여
풋과일 즙이 흐른다.

어스름 밤마다
망설이는 속삭임이야
하늬바람으로 띄워
수줍은 달빛
지그시 눈을 감고
계절마저 숨을 죈다.

누군가
이렇게 짙은 밤이 있어
한 그루 영혼
목련으로
피고 지는
뜨락.

어느 날 바다가 나를 불러

어느 날 바다가 나를 불러
숱한 소리를 만났지요.
인파人波들
깔깔한 추억을 만들며
수석壽石을 따는 소리
사랑을 줍는 소리
해파리 그리는 소리
너무나 무거워
하나둘 전지剪枝해 보다
발가벗은 바람 소리 하나 주웠지요.

갑자기
하늘이 내려앉은 수평선으로
머리를 감는 해조음海潮音
내 주소住所를 묻더군요.

교정校庭

가만히 어둠을 털면서
묻어 오는 햇살처럼
언제나 교정은
아이들과 만나지요.

별을 따는 이야기
헤살 짓는 구름도
모두 만나
가득한 하루를 만드는
교정 한 모서리
바람을 가르며 넘겨지는
그의 일기에
내 영혼을 빗질하는
인고忍苦의 나날일랑
한쪽으로 접어 두고

가만히 어둠을 털면서
묻어오는 햇살처럼
언제나 우리는
동심童心들과 만나지요.

낙화암落花岩

고이 새긴 계절들이
침묵으로 타는 자리

물결에 이운 망울
푸른 얼로 흘러 흘러

골골이 서린 정기精氣
꽃잎마저 눈을 감다.

온 산하 떨은 비정非情
옷깃에 여미고

티 없이 여윈 가슴
다사로운 체온에

차마 잠을 못 이루는
사비성泗泌城 숨결 소리.

에밀레종鍾

녹슬은 손때마다
천년 빛깔 흐르고

한 떨기 꽃 녹인 함묵
타다 못하여

핏빛 젖가슴 언저리로
살포시 나오는
앳된 얼굴 하나.

접을 듯 펴는 여운
바람마저 숨을 죄어

서라벌徐羅伐 곤한 밤이
시詩를 앓는다.

숱한 부름 차마 못 떨구고
메마른 산하를
돌고 도는 메아리.

제4부 수수한 삶들

풍속도風俗圖

닷새장 품팔이
하루가 가득하여

성황당 너머
얼큰한 걸음걸이

지게 꼬리 물은
고무신짝같이

초승달 외씨버선 볼에
저린 전설이 대롱대롱

아낙네 뜨락
주저앉은 마파람으로

문풍지 간지러워
길어진 밤이면
구워 온
흙 내음아.

흙냄새

한낮
김을 매다
둑에 서면
땀냄새 얼큰하고
흙냄새
취한 솔바람
들녘을 핥고 간다.
바람에 얹혀
헤살 짓는 구름
토담집 멀리
떠가는 동구로
여름이 구릿빛으로 타고
이 여름 갑자기 만난
타향
지금쯤
서울 간 맏아들
쌀나무
익기를 기다리겠지.

장날

황톳길 너머
닷새장
머슴아이 지게
황아장수 봇짐마다
가득한 하루가 담겨
푸성귀보다 수더분한
삶들이 전시되고
익어 온 계절
여기
전류보다 짙은 흐름으로
어설픈 말들을 까먹는
기름 냄새야
떫은 과일즙
푸념 한 잔 없이
목로에 앉아
바래 가는 전설들을
굽는 사람들아.

들녘

노오란 귤처럼
익어 가는 들녘
엄마 따라
옥이도 콩을 따다가
하늘빛 꿈을 따다가
사르르 빠진 낮잠
엄마의 입가에
들녘 가득한 햇살같이
미소가 번진다.

곁에 선 갈잎들이
고개를 갸웃거린다.

눈길

눈길 고개 너머
가만히 닷새장이 열리고
나뭇가지마다
하얀 꽃잎이 피는
황톳길로
바둑이 발자욱같이
멀어져 간 오후
지금쯤
아빠는 성황당이나 넘을까
한잠이 들은
고개 멀리
구수한 전설처럼
쌓이는 꽃잎들.

낯선 얼굴

지난해 겨울
유난히 꼬리 긴 바람
봄의 가지를 흔들어
물기 오른 4월
해묵은 머리를 헹구고
얄팍한 설레임으로
새 움들을 터뜨린다.
해마다 이맘때
먼 데서 온 한 가닥 기다림
머리맡을 헤집고
푸성귀 속잎만큼이나 삐지는
낯선 얼굴.

소묘素描

겨우내 야윈 들녘
잔설殘雪을 덮고 누워
기지개를 켜고
버들개지 실눈에 앉은 샛바람
지금쯤
동구 밖을 서성대는
계절의 마디 멀리
이따금
갓난이 이빨같이 돋는
한 가닥 사념思念
한밤을 갈라
봄은 우쭐대나 보다.

귀가歸家

한낮이 내리는
교문校門 멀리

조잘대는 아이들로
휘청거리는 골목길

가방 속 가득한 하루는
새들이 물어다 나르고

낮달이 조는 고개 너머
가을은 노랗게 익고 있다.

전시회展示會

저녁 대합실
전시회가 열려
밟고 가는 소음 뒤로
삶은 닥지닥지 붙어

나도
밤을 켜지요.

느지감치 기어 온 어둠
별빛들은
살얼음처럼 서걱이고
모일수록 새어 가는
바람같이
텅 비어 가는
대합실
외동 멀리

나는
밤을 앓지요.

연꽃

숱한 태동胎動을
걸러 걸러

비로소
열은 새 하늘가

물살에 절인 이파리로
먼동을 가없이 더듬는
핏빛 가슴 깊이

보살菩薩의 두 마음이
고이 떨고

짙은 입술에
얄팍한 말들이 겸연쩍어

맴을 도는
바람 소리

화사한 계절들을
막 머금을 듯 굴리는

투명한 방울 뒤로

함초롬히 어리는
또 하나의 하늘.

제5부 무지갯빛 신기루

다리

어제와 오늘
이어 주는 시계처럼
다리는 이쪽 저쪽
다리를 놓아
숱한 세상도 펼쳐지고

그리 서성이던 발걸음
이제 나로 돌아와
느지감치 이 다리를 지나며
살아가는 길 위에서
살아갈 길을 물어본다.

이미지Image

오롯이 햇살을 낳으려
차마 눕지 못한 새벽같이

이승 멀리 머리 풀고
밤새 서성이다가

원고지에 막 꽂힌
내 영혼 한 조각

해맑은 산모産母 되어
떫은 웃음 번진다.

Image

Only giving birth to the sunshine
Like the dawn where I couldn't lie down

Loosen my hair far away in this world
Wandering all night

A piece of my soul
Just stuck on the manuscript

Become a brightened mother
And just spread smile.

* Translated by Sue Anne Nam AeSook.

밤

날마다
교외 불빛들이
밤을 환히 켜면
밤을 긁는
괘종 소리
내 곁에 눕는다.
차마
눕지 못한 한 조각 마음
머릿속을 밟고
골목 골목 서성인다.
친구야
바람에도 떠는 수줍음이나
가슴을 후비는 열 한 점 없이는
아프다 말아야지.

교외 멀리
괘종 소리
까만 침묵마저 삼키고
내 베개
몸살이 나다
마침내 떠올린

산모의 해맑간 웃음 같은 것
벽을 뚫고 돌아와
서걱이는 이 밤을
우리
차라리 그냥 두자.

석상石像

끌은 두 영혼을 뚫고
땀 줄기 영영 온 세계 누빈다.
막 석상의 산모 같은 웃음
바람도 그만 숨을 죈다.

전지剪枝

울타리 전지를 하다
장미는 입들을 장식하고
숫처녀 박꽃
일상日常을 먹는 풀잎들도 있어
어린 시절
낯선 얼굴들도 보지요.
이따금
잎새도 가지같이
톱질하는 꽃샘으로
할퀸 모습은
한 조각 장식품
그저
쑥순처럼 솟는 가슴
일렬一列로 서서
풀잎에 앉는 바람에도
떨리는 가위질로
지금쯤
내 꿈의 잔해들
전지할 때가 되었군요.

안개

골골이 드리운
선녀仙女 옷자락

산마루 감도는
그대 빗질로

사념의 머리카락
아스라이 헹구고

오랜만에 비움(空)을 배워
걸러 놓은 아침

삶은
한 가닥 신기루일까.

다 같이

새 아침 번지는 희망의 햇살처럼
북녘 멀리 퍼지는 행군의 메아리
조국의 부름 앞에 당당하게 모여서
힘차게 나아가자, 영광스런 대한의 아들이여.

막사로 흐르는 밤하늘 별빛처럼
이야기꽃 피우는 정다운 전우들
부모님 당부 말씀 가슴 깊이 되새겨
용감한 군인 되자, 자랑스런 대한의 아들이여.

바르게

희망찬 새 아침 밝아 오는 햇빛처럼
진실은 어둠을 밝혀 주는 마음의 거울
우리 서로 정답게 사랑을 나누어 가며
정의로운 마음으로 바르게 살아가자.

신비한 밤하늘 반짝이는 별빛처럼
질서는 멋있고 아름다운 마음의 양식
우리 함께 힘차게 일터로 나아가 보며
자랑스런 국민으로 바르게 살아가자.

무제無題

댓잎들이
바람과 놀고 있다.

칼질하는
허공으로

하늘 한 점
내려앉아

쪽빛으로
물드는 바람

아, 밤을 깎는 영혼쯤
나는 비질이라도 해야지.

* 한국문인협회(월간문학상) 수상작.

No Title

Bamboo leaves are playing in the breeze,

Cutting something incessantly in the vacant sky,

Falling down in the middle of the space.

Last of all the wind dyed with indigo is bom,

Alas, I' ll sweep even my soul fighting against night

With a bamboo broom

* Trans by Im Byung bin.

내장산內藏山

안으로 감추어진 그윽한 정기일까,
누구나 가 볼수록 정다워지는 내장산
계절마다 빼어난 아름다움 지니어서
모든 산 중 으뜸이라 감탄 절로 나오네.

골골이 어려 있는 영원한 사랑일까,
세월이 흐를수록 그리워지는 내장산
계절 따라 즐겁게 찾는 이들 반겨 주어
고향처럼 다사로운 정감 절로 스미네.

제6부 아아, 6·25

무명용사비 無名勇士碑

한 떨기 꽃망울
영겁으로 사르어

저승에 묻지 못한 마음
돌 위에 피어나고

이름 없는
그 이름

꽃그늘로 길이 늘이어
바람도 가만 눈을 감는다.

판문점板門店

판문점 빈 책상
허리 끊긴 지도 하나로
여태 달력은
드문 드문 얼룩이 묻어

밤이면
별빛 한 올
바람 한 점 앉을 사이 없이
풀벌레 울음
유령으로 떨고

이따금 호외號外로 장식되어
땡볕도 얼어붙는
네 방 모서리
어쩌다 바람만 곤두서서
창 너머 잡초들
하늘을 비질하나 보다.

유월六月

유월이 기지개를 켜면
달력에 하루가 더 생겨
정녕 꿈이 아니라
나는 그해 지옥을 보았다.

몇 사람 입김으로
저승보다 가쁜 지열이
마구 문지른 곳
어김없는 새벽마다
햇살은 아침을 낳아
생채기도 씻겨 가는
계절들 속으로

아, 그냥 둘까,
지울수록
얼룩지는
환영幻影아.

애기봉愛妓峯에서

풀빛 초여름
임진강臨津江 기슭 애기봉
사선死線 하나로
하늘을 갈라놓고
계절을 갈라놓고
팽팽한 침묵만이
강심江心으로 꽂혀
말을 잃는 산하山河

숱한 계절을 새겨보기에는
너무 야윈 가슴
맴을 도는
한 조각 아림일랑
파도로 띄우는
멀수록 가까워지는 곳
하늘과 바다가 만나고
바다와 바람이 만나고.

불연속선不連續線 1

계절의 가지를 흔드는 바람이
육성肉聲을 잃고
번져 온 흙 내음
칼날로 서서
우리네 사투리마저
파지破紙처럼 구겨져
일상日常은 톱니바퀴
나는 한낱 그 이빨이기 앞서
꿈틀대는 생명으로
끈끈하게 더듬어 온 것
햇살을 잡아야지
정녕 바람이라도 잡아야지.
사선死線 넘어
이제 보니
내가 고향을 떠난 게 아니라
고향이 나를 떠난 걸까.

불연속선 2

자유自由여,
그대 이름으로
문지르는 자유도 보는가
저 산하도
한 하늘을 이고
남남으로 만나
구름을 노래하는데
묻어 온 자유 한 점 없이
철조망에 걸려
녹이 스는 연륜年輪들
별빛 내리는 밤마다
오늘도 딛어 온 만큼
딛어야 하는 가슴 한 조각일랑
한밤으로 사르고
그저 깨어 있기도
안쓰러운 새벽아.

불연속선 3

어느 날
네 착각으로 읽은 역사 한 줄이
숱한 기억들로 얼룩져
그냥 지워 버리기에는
너무 긴 여름이었나 보다.
해묵은 여름의 잔영殘影이
안개처럼 드리우는
한낱 꿈의 시체 앞에
차마 눈을 못 감던 산하여.
느슨한 계절의 발자욱도
악몽惡夢은 거스르지 못하고
녹음보다 짙은 신열身熱
열꽃으로 피고 지네
열꽃으로 피고 지네.

불연속선 4

구릿빛 한여름을 재우는
외딴 골짜기
무명용사비無名勇士碑 하나
막 벙글던 꽃망울일랑
맨 뒤로 만난 비명悲鳴과 바꾸고
묻어 놓은 이름마저
영혼으로 흩날렸는가.
바람이 쪼아 먹는 비문碑文처럼
함묵은 영겁을 쪼아 먹는데
북녘 하늘 멀리 꽂힌
한 점 비원悲願
젖빛으로 가뭇없이 일렁이어
여름이면 비가 되고
겨울이면 눈이 되고.

불연속선 5

나는 네가 되고
너는 내가 되어
접어 둔 나날
만남은 만남을 낳아
하늘은 꽃비로 가득하고
풀잎들도 떠는데
햇살이 떨군 그림자 한 조각
만나지 못한 그이는
어쩌면 장님을 부러워했을까.
너무 가까와
먼 사이
별빛을 이야기하는 바람은
새벽으로 달리고
한 줄기 먼동을 향하여
한밤을 헤집는 영혼들이여.

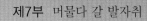

제7부 머물다 갈 발자취

여정천리旅情千里 1
—프롤로그prologue

때가 되어
나무 둥지를 떠나
가마아득히 나는 철새들처럼
그렇게 여행을 떠나 볼 일이다.
애초 우린
무한대의 시간과 공간 속
한낱 점으로 나와
잠시 쉬다 가고 있는 것
삶의 무게
일상도 덜어 버리고
온갖 사념의 껍질마저 벗어 버리고
다시 새로 만난 길 따라
훨훨 철새들의 날갯짓처럼
그렇게 여행을 떠나 볼 일이다.

* 우리 역사의 상흔傷痕이 서린 유적들을 찾아 지은 연작시連作詩의 한 편.

외신外信 1
—대만臺灣 야생동물원

초여름 오수午睡에 걸터앉은

대만 야생동물원

그들은 야野하다 못하여

차를 타고 지났다.

제 몸만큼이나 큰 미련을

되새김질하는 곰,

사자는 곤두서는 갈기털로 노여움을 날리고

초원의 신사 기린,

아프리카 사막 출신 타조들도 있었다.

별난 놈들도 많다고 떠드는 사람들을

담고 가는 봉고차도

하나의 동물원이 되어

언제나 보는 것은 보이는 것

우리 안의 일행들은 동물들을 구경하고

우리 밖의 동물들은 일행들을 구경하고 있었다.

* 해외 연수海外 硏修 시 지은 연작시의 한 편.

104

아아, 우리 산하여

공산성 산자락에 퍼지는 햇살처럼
밝은 미소 배어 온 백제의 옛 터전
피고 지는 계절들 비바람에 씻기고
비단강 흘러 새 아침 열리누나.

아아, 오늘도 다 같이 일터로 나아가며
아름다운 우리 산하 마음껏 노래하자.

곰나루 강기슭에 어리는 노을처럼
세월의 저편으로 건너간 전설들
지나가는 길손들 발걸음을 멈추고
숲속의 새들마저 한밤을 사르누나.

* '애향시 가곡 발표회'의 가사歌詞.

우리들의 글로벌사이버 대학교

새로운 사이버 시대
우리 모두 모이자.
글로벌 인재를 기르는
배움의 전당, 글로벌사이버 대학교.

누구나 잘사는 사회
우리 모두 가꾸자.
미래로 세계로 향하는
대한의 희망, 글로벌사이버 대학교.

* 글로벌사이버 대학교 로고송 공모 당선작.

꿈

강여고江女高 꽃망울들
꿈이 어린 광장인가

청잣빛 하늘 바라
피어나는 새순들아

비단강(錦江) 고운 얼인 양
가없는 꿈 흐르네.

* 강경여자고등학교 '꿈의 동산'의 시비詩碑에 새긴 헌시獻詩.

봉황탑鳳凰塔

금강물 기슭에 깃을 틀고
봉황의 큰 뜻 품고 앉아

가르치는 보람
배우는 기쁨 샘솟는 곳

스승님 눈빛처럼 다사롭고
동틀 녘 햇살처럼 새롭구나.

알뜰살뜰 모은 사랑
한결같이 기리며

봉황의 건아들이여
청운의 꿈 보듬고

하늘 높이 날아 보자.
앞날 멀리 바라보자.

* 공주 봉황중학교 교정의 시비詩碑에 새긴 헌시獻詩.

여정 천리旅情 千里 3
—황산벌을 지나며

한 줄기 바람으로
숲을 흔들듯
내버린 한 몸으로
숱한 잠들을 깨운
영혼이 저기 누워 있다.
아름다운 마지막을 위하여
그들이 다시 일어난 것일까
황량한 벌판의 바람 소리는
그 무렵 말굽 소리로 들리며
길섶 갈대들의 몸짓엔
오천 결사대五千 決死隊의 깃발이 펄럭이고
죽어서도
죽지 않는 사람 앞에
바람은 오늘
헛도는 역사의 수레바퀴처럼
부끄러운 먼지를 날리고 있다.

* 백제군사박물관 전망대의 기념패에 새긴 헌시獻詩.

충인고 찬가

황산벌 정기 어린
청운의 뜻 보듬고

꽃잎보다 아름다운
사랑을 가꾸는 곳

나날이 그대들 땀방울로
새로운 꿈들이 피어나는

그 이름
충인고여,

영원히 빛나리라
누리에 떨치리라.

* 충남인터넷고등학교 교정의 시비詩碑에 새긴 헌시獻詩.

자비로운 미소

숱한 연륜 고이 새긴
대역화님 발원으로

미호평야 보듬는
아미산 복지에

먼 앞날 밝히실
미륵불 모시오니

자비로운 그 미소로
거듭나는 사바세계

가련한 우리 중생
지극한 믿음으로

눈이 오나 비가 오나
두 손 모아 염불하여

성불하소서
성불하소서.

* 도솔사 불상 건립 기념으로 시비詩碑에 새긴 헌시獻詩.

연잎같이

한낮 연못엔
적막이 이끼처럼 끼는데

개구리 한 마리 뛰며
튀어 나는 물방울

연잎에 묻을 듯
도르르 떨어지고

순간 속 영원을 여는
저 여인의 신비로운 묵시默示

수심水心으로 하늘 한 조각 내려앉아
맴을 돌고 있다.

Like Lotus Leaves

In a pond during the daytime
an air of silence pervades like growing moss

As a flog plunging into the pond
water drops splash around

Then roll down along the leaves
as much as they soak into the leaves

                  *

In a moment of prevailing enternity
comes a mystic vision of women

In the heart of the pond a piece of the sky falls
and hovers around the water.

* Translated by Yong Chan Ju.

113

대기실待機室에서
—2009년 1월 1일

문턱 하나로 갈라진
대기실과 수술실은
어쩌면 이승과 저승 사이

그날
한 가닥 명줄을 움켜잡고
그녀가 보낸 열 시간이
내겐 백 시간이 되어
대기실로 돌아왔다.
숱한 가슴들을 태우는
시계의 초침마저 떨리며
마침내 한 생명이 다시 태어나는 순간
늘 헤어짐은 만남 곁에 있는 걸 보면서
나도 다시 태어나는 걸까.

오늘 대기실에서
육신의 수술을 받은 그녀 뒤에
영혼의 수술을 받을 내가 서 있다.

• 한국작가협회(탄리문학상) 대상 수상작.

In the Waiting Room
—January 1st, 2009

Separated by a threshold

The waiting room and the operating room

Maybe exist between this life and the afterlife

That day

The ten hours she spent

Grabbing a single string of life

Returned to the waiting room

As a hundred hours for me.

Even the clock trembled its second hand

Burning many breasts

The moment when a life was reborn

Showing that parting is always next to meeting

Finally was I born again.

As she underwent surgery on her body

In the waiting room I might be operated soul surgery

Standing behind her today.

* Translated by Kang Bang Young.

마티고개

언제쯤일까
금강물 물안개 따라
계룡산 산자락 따라
마티고개로 가는 길이
한 폭 그림처럼 쉬고 있네.
오가는 길손들도
좀 쉬고 가라 하네.

여기
비틀비틀 오른 이들
막차로 달린 이들

모두 하나로 만나
마티고개로 넘는 길
그저 한 가닥 사색思索의 이삭이나 줍고
떠날 때를 알아
떠나라 하네.

* TJB 방송의 본인 출연 작품 프로그램인 '길을 떠나다'에 배경 작품으로
나온 시.

제8부 시조時調의 이해와 감상

도움말

　시는 언어言語의 예술이다. 시의 종류는 그 기준에 따라 여러 가지로 나눌 수 있겠지만, 형식상形式上으로는 정형시定型詩, 자유시自由詩, 산문시散文詩로 나뉜다. 그중 시문詩文의 음성적 형식인 운율(韻律, Rhythm)에 따라 나누면 정형시와 자유시로 분류되니, 전자가 외형률外形律을 지닌다면 후자는 내재율內在律을 지니는 특색이 있다.

　이러한 관점에서 정형시인 시조時調는 시의 영역에 속하는 엄연한 시詩의 한 장르Genre임은 틀림없다. 특히 시조는 3장章 6구句 12음보音步의 율격을 지닌 우리나라 고유의 정형시로 대표적인 국문학적 장르라 할 수 있다.

　다시 말하면 시조는 동서고금을 막론하고 우리나라에서만 찾아볼 수 있는 독특한 문학 형태요, 고려 말기에 그 싹이 터서 조선시대 이르러 꽃을 피운 시조는 남녀노소, 직업의 귀천을 막론하고 누구나 즐겨 짓고 읊은 세계적인 문화유산의 하나라 해도 모자람이 없지 않을까 하는 생각을 해 본다.

그러한 시조가 현재 우리나라에서는 현대시조現代時調로 계승, 발전되고 있으나 근래 어딘가 시조에 대한 문인들의 창작열과 독자들의 애호심이 그전보다 시나브로 줄어가고 있지 않나 하는 아쉬움이 이따금 고개를 들곤 한다.

이와 같은 시조에 관한 그 이해와 감상을 통하여 아름다운 정서생활情緒生活을 기르고, 더 나아가 시조를 위한 창작열과 애호심을 다시 불러일으키는 길에 조금이나마 도움이 되게 하고자 본 시선집詩選集 끝자락에 아래 두 조각의 이야기를 덧붙여 본다.

1. 재미있는 시조 이야기
—명기 황진이黃眞伊와 송도삼절松都三節

이름난 시조를 이야기할 때 우리들 마음에 자주 떠오르는 황진이(黃眞伊, 기명 明月)는 1506년 송도(松都: 개성)에서 태어난 조선 중기의 명기名妓이다. 흔히 그녀에 대한 이미지를 기악과 무용, 서화에 능하고 넘쳐 흐르는 미색과 애교로 뭇 사내들의 애간장을 태우며 숱한 일화를 남긴 단순한 기녀로만 보기 쉬운데, 그보다는 뚜렷한 개성미와 아름다운 인간미가 흐르는 뛰어난 여류 시인으로 인식하는 쪽이 더 바람직하다고 생각된다.

그녀가 기생이 된 데는 여러 가지 설이 전해지나, 황진이를 짝사랑하던 한 남성이 연모의 정에 몸살을 앓다가 그녀의 어머니를 찾아가 청혼했으나 무산되자 마침내 그가 상사병에 걸려 죽게 되었다. 뒤늦게 이 사실을 알게 된 황진이는 뜻한 바가 있어 그 길로 기생이 되었다는 설도 있다.

미모가 출중한 황진이는 노래, 춤, 악기, 한시 등에 두루 뛰어났을 뿐 아니라, 성리학과 고전 지식에도 해박하여 당시 선비들은 그녀와 하룻밤을 보내는 것을 대단한 자랑거리로 여기게 되니, 그녀와 당대의 내로라하는 인물들에 관한 숱한 에피소드Episode들이 전해지고 있다.

그중 몇 편의 일화逸話를 간추려 소개하면서 당시 그녀의 정서생활과 문학세계를 더듬어보는 데 약간의 도움이 되길 바란다.

• 벽계수碧溪水를 놀린 황진이의 시조

벽계수碧溪水의 본명은 이종숙李琮淑으로 세종대왕의 증손이 되는 분이며, 인종 때 황해도 관찰사를 지낸 바 있고 풍류에도 능한 인물이었다. 당시 미모와 기예가 뛰어나 그 명성이 온 나라에 퍼진 황진이를 한번 만나 보기를 원했다. 그러나 풍류 명사가 아니면 그녀를 만나 보기가 어렵다는 소문을 듣고 측근인 이달에게 그 방법을 물었다.

이달이 "그대가 황진이를 만나려면 내 말대로 따를 수 있겠소?"하고 묻자, 벽계수는 흥분하여 "그렇게 하리다" 하고 고개를 끄덕이었다.

그러자 이달은 "그대가 소동小童으로 하여금 거문고를 가지고 뒤를 따르게 하여 황진이의 집 근처에 있는 루樓에 올라 술을 마시고 거문고를 타고 있으면 그녀가 나와서 그대 곁에 앉을 것이오. 바로 그때 그대는 그녀를 본체만체하고 벌떡 일어나 그냥 말을 타고 가면 아마 황진이도 따라올 것이외다."

"그래서요?" 구미가 바짝 당긴 벽계수가 다가서며 물었다. 이에 이달이 흘리는 말이 걸작이었다. "만일 그대가 취적吹笛橋를 지날 때까지 뒤를 돌아보지 않으면 그대의 뜻은 이루어질 것이요, 그렇지 못하면 그대의 꿈은 한낱 뜬구름이 되고 말 것이외다."

마침내 벽계수가 그 말을 따라서 작은 나귀를 타고 소동으로 하여금 거문고를 들게 하여 루에 올라 거문고를 한 수 타고 있자 과연 황진이 어느새 왔는지 그의 곁에 사뿐히 앉아

있었다. 그는 그녀를 거들떠보지도 않고 벌떡 일어나 나귀를
타고 태연하게 떠나니 황진이도 그 뒤를 따랐다.

　일행이 취적교에 이르렀을 때 황진이가 슬그머니 동자를
통하여 그가 바로 벽계수임을 알아차리고, 그녀는 즉흥 시
조卽興 時調 한 수를 그 자리에서 낭랑하게 읊는다.

　　청산리靑山裏 벽계수碧溪水야 수이 감을 자랑마라.

　　일도창해一到蒼海하면 돌아오기 어려우니

　　명월明月이 만공산滿空山한데 쉬어간들 어떠리.

　황진이가 이렇게 시조 한 수를 은쟁반에 옥구슬을 굴리듯
읊조리자 순간 벽계수는 너무 가슴 찡한 황홀감에 빠져들어
그냥 돌아갈 수가 없어서 자기도 모르게 고개를 뒤로 돌리다
가 그만 나귀에서 떨어지고 말았다 한다.

　이에 황진이는 빙긋이 웃으며, "이 사람은 명사名士가 아니
라, 한낱 풍류랑風流郎일 뿐이다"라는 말을 남기며, 그냥 돌
아서서 그 자리를 떠나고 말았다 한다.

　그 뒤 벽계수의 마음은 과연 어떠했을까, 한번 상상해 봄
직도 하다.

　바로 이 시조는 오늘날 학교 국정 국어 교과서에도 실리어
널리 애송될 만큼 유명한 명작으로 그 멋진 빛을 길이 전하
고 있다. 자연의 순리를 소재로 덧없는 인생사를 풍자한 불
후의 명작으로 손꼽히는 이 작품은 그 표현 기법도 빼어나

게 멋스럽다.

하나의 사물로 두 가지 이상의 뜻을 나타내는 이른바 중의법重義法을 이용한 매우 기발한 기법으로 '벽계수碧溪水'는 당대의 풍류객 이종숙 자신의 별칭이자, 푸른 계곡의 시냇물이라는 뜻으로도 쓰이고, '명월明月'은 황진이의 기명妓名이기도 하지만, 밝은 달의 뜻으로도 쓰이었다. 아울러 이 시조의 중장中章은 '인생도 한번 늙어지면 다시 젊음으로 돌아오기 어려우니'라는 속뜻을 비유하고 있어 즉흥적인 표현력이 놀랍다.

- ### 도승道僧 지족선사知足禪師의 마음을 뒤흔든 황진이의 풍류

명기 황진이와 가깝게 교제한 명사들은 여러 명이나 그 대표적인 인물로 벽계수 이외에도 지족선사 그리고 서화담을 들 수 있다.

당시 지족선사知足禪師는 깊은 산중 지족암에서 오랜 세월 면벽 수도面壁 修道 생활을 하며 생불生佛이라 불릴 만큼 이름난 도승이었다.

벽계수를 놀린 황진이는 그 길로 지족선사를 찾아갔다. 그녀는 지족선사에게 큰절을 올리며 제자로서 수도하기를 간청했으나, 선사는 여자를 가까이하고 싶지 않다 하며 딱 잘라 거절했다. 할 수 없이 그녀는 발길을 돌려야 했다.

그러나 그냥 돌아설 황진이가 아니었기에 꾀를 내어 변장

을 하고 다시 선사를 찾아갔다. 그녀는 죽은 자기 남편을 위하여 백일 불공을 드리러 왔다고 거짓말을 하며 은근히 선사에게 접근했다.

황진이는 선사가 있는 바로 옆방에 거처하며 밤마다 축원문을 지어서 청아한 음성으로 낭송하곤 했다. 처음엔 그녀를 외면하고 아랑곳하지 않던 선사도 밤마다 아름다운 여인의 목소리에다 무르익은 여인의 소복한 자태에 차차로 눈이 어두워지고 마음이 흔들리기 시작했다.

한 번은 황진이가 선사의 무릎을 베고 잠이 들었다. 한참 뒤 어깨를 쓰다듬는 손길이 느껴져 눈을 뜨니 선사가 덤덤한 웃음으로 말을 건네기 시작했다고 한다.

거기에다 밤이면 임 그리워 잠 못 이루는 한 여인의 애끓는 몸부림에 어찌할 수 없는 욕망으로 철벽같은 지족선사의 지조도 그만 무너지고 말았다.

20년을 수도하고 10년을 공부한 지족선사의 그러한 모습에 뒷날, "십 년 공부, 나무아미타불!"이라는 속담이 전해진다는 말도 있다.

• 서화담과 황진이 그리고 송도삼절松都三絶

당시 뭇 명사들이나 대장부들도 황진이의 마음을 빼앗지 못하여 안달이 나자 더욱 의기양양해진 그녀에게도 꼭 한번 만나 보고 싶은 인물이 있었으니, 바로 화담 서경덕徐敬德 선생이다.

화담 서경덕 선생은 조선 중기의 대학자로 과거에 급제하고도 부패한 조정에 염증을 느껴 벼슬도 마다하고 자연을 벗삼아 은둔 생활을 하며 올곧은 지조와 청렴결백한 자세로 학문에 정진한 우리나라 전형적인 선비였다.

　그런 그가 송도(개성) 부근의 성거산聖居山에 은거하고 있을 무렵 그의 인물 됨됨이 인근 송도에 소문이 자자하게 나돌자 황진이는 더욱 마음이 들떴다. 장맛비가 숲속의 숲길을 촉촉하게 적시던 어느 날 황진이는 속이 훤히 들여다보이는 속치마에 저고리만 입고 그 비에 흠뻑 젖은 채로 서화담의 초당을 찾았다. 가뜩이나 요염한 그녀의 몸매는 보는 이의 마음을 황홀한 경지에 빠뜨리지 않을 수 없었다. 마침 서화담은 초당에서 조용히 글을 읽고 있다가 뜻밖의 손님이 다가오자 그녀를 태연하게 맞이하였다. 그리고 그녀의 젖은 옷을 안타깝게 보더니 말없이 그 옷을 천천히 벗기고 그녀의 알몸을 닦아 주는 게 아닌가.

　황진이는 속으로 '옳지! 저분이 내 유혹에 넘어가고 말 때가 다가오고 있구나' 하며 늦침을 질질 흘리었다.

　그날 밤 서화담이 펴 놓은 잠자리에서 그와 나란히 누운 황진이는 갖은 교태를 부리며 그를 유혹해 보았으나, 눈썹 하나 까닥하지 않는 서화담을 정렬에 불타는 그녀로서도 어찌할 길이 없었다.

　이튿날 자리에서 일어난 황진이는 자신의 그러한 소행을 부끄럽게 뉘우치고, 서화담을 우러러보는 큰절을 올리며 자신을 제자로 삼아 달라는 뜻을 밝혔다.

이에 서화담과 참된 사제지간이 된 황진이는 평생 그를 흠모하며 지내다가 서화담이 세상을 떠난 뒤에도 그의 발길이 닿았던 곳들을 두루 찾아다니며 옛정을 잊지 않았다 한다.

뒷날 황진이는 그 스승 서화담 앞에서 비로소 고백한 명언名言 하나가 곧 송도삼절松都三絶이니, 이따금 우리들의 심금을 울리기도 한다.

이 말은 '송도(개성)에 3가지 명물이 있으니, 남자로는 서화담이요 여자로는 황진이며 자연으로는 박연폭포朴淵瀑布이다'는 뜻이다.

이러한 서화담과 황진이의 애달픈 사랑의 발자취에도 그들 인간으로서의 연정戀情이 어려 있지 않을까 하는 생각이 어렴풋이 떠오르며, 그들이 서로 주고 받은 다음 시조에서도 그러한 아름다운 추억을 더듬어 볼 수 있지 않을까 하는 생각을 해 본다.

산은 옛 산이로되 물은 옛 물이 아니로다.

주야에 흐르니 옛 물이 있을쏘냐

인걸人傑도 물과 같아여 가고 아니 오도다.

—황진이

마음이 어린 후이니 하는 일이 다 어리다.

만중운산萬重雲山에 어느 님 오리마는

지는 잎 부는 바람에 행여 근가 하노라.

—서경덕

• 여류 시인 황진이 시조의 국문학적 의의

끝으로 하나의 사족蛇足이라 할까, 명기 황진이의 생애와 문학세계를 통하여 오늘날 대중문화에 미친 영향을 짧게 요약해 볼까 한다.

황진이의 여러 시조 작품들은 문학성이 높은 것으로 평가되어 한국 고전문학의 일부로 인정되며, 학교 교과서에도 실릴 만큼 창의성과 표현력이 뛰어났기에 오늘날까지도 많은 사람들의 사랑을 받고 있다. 특히 전형적인 유교사회였던 조선시대 시조는 양반문학의 하나로 발달되었으나, 일부 서민 계층의 시조 시인들의 작품들이 기폭제가 되어 서민문학이 차차 발돋움하게 되었으니, 황진이의 시조 작품들이 그 대표적인 사례가 되겠다.

황진이의 시조들은 현전하는 작품들이 그리 많지는 않으나, 대부분 남녀 간의 애정을 노래하면서도 빈틈을 찾아보기 어려울 만큼 정교하고 그 완성도가 높이 평가되고 있다. 아울러 기발한 이미지와 알맞은 형식, 세련된 언어 표현 기법을 구사하고 있어 현대시 못지 않게 평가된다.

20세기 이후 남한과 북한을 통틀어 그녀의 생애와 작품들을 소재나 배경으로 한 가요, 소설, 드라마 등이 많이 등장하여 수많은 관중들을 재미와 감동의 예술적 경지로 몰아넣은 점은 바로 그러한 사실을 입증해 주는 하나의 방증이 아닌가 한다.

아울러 그녀의 작품은 표현 기교도 뛰어났을 뿐 아니라,

내용면에서도 국문학상 전통적인 민족의 리듬으로 자유롭게 남녀 애정을 노래하며 당시 나약한 여성들의 정한을 시조로 승화시키는 활력소가 되지 않았을까 하는 생각을 해 본다.

2. 시조時調의 형태 구조론形態 構造論
―본인의 석사碩士학위 논문(결론)

서론序論에서 제시한 바와 같이 본론本論은 시조의 형태 구조를 율격律格에 대한 분석을 통하여 논하고, 나아가 시조의 형태에 대한 새로운 관점을 추출해 보고자 하는 데 그 취지趣旨가 있다.

시조 문학에서 그 구조적인 차원은 주제상主題上의 측면과 형태상形態上의 측면에서 논할 성질의 것이나, 여기서는 후자의 경우를 주축으로 논리를 전개하여 우리 시조의 형태적인 특수성을 역설해 왔다. 그러한 작업을 위해서는 첫째 단계로 시조의 형태 구조 분석을 위한 전제 조건으로 율격에 대하여 구명을 하고 시조의 율격은 그중 어떤 범주에서 고찰되어야 할 것인가, 하는 전제부터 구별해야 된다고 생각한다.

운율韻律이란 말을 율격과 압운押韻을 포괄하는 개념으로 볼 때 일반적으로 율격(律格, metre)은 언어의 연속적인 어느 현상이 유형적으로 엄격히 규칙화된 것을 의미한다.

이러한 율격은 음운적音韻的 요소와 통사적統辭的 요소, 그리고 운율적韻律的 요소를 그 구성 요소로 보고 시조에서 율격은 운율적 요소로 분석되어야 당연하다.

둘째 단계로 시조의 형태 구조에서 그 기본형基本型을 어떻게 보아야 하느냐 하는 점에 직면하게 된다. 이 점은 여러 국문학자들의 지론持論이 많아서 그들 견해에 대한 타당도를 측정해 왔거니와, 그중에서도 평시조를 기준으로 할 때 현재로서는 가장 합리적인 이론은 다음과 같이 귀결된다고 본다.

1) 시조의 기본형은 3장章 6구句 12음보音步로 보는 것이 합리적이다.
2) 지금까지 논란이 많은 시조의 음수율音數律에서 특수한 경우를 제외하고는 초장과 중장의 제4음보는 4자, 종장의 제1음보는 3자가 정형적이다.
3) 시조의 종장은 우리 시가詩歌의 전후 대소절前後 大小節과 맥락이 연결된다.

물론 이와 같은 사실은 앞으로도 더 연구의 소지가 있다고 본다. 시조의 형태를 단순히 정형적인 측면에서만 보면 모르겠으나, 적어도 율격적인 영역과 결부시켜 본다면 시조의 형태 구조에 대한 이론은 얼마든지 제기될 수 있는 가능성이 있기 때문이다. 아울러 그와 같은 연구과정을 통하여 우리 시조 문학에 대한 새로운 이해와 한 걸음 더 나아가 우리 국문학의 연구 자료를 얻는 지름길이 될 수도 있는 일이다.

가령, 시조의 종장을 시조라는 국문학 형태 속에 국한시

켜 분석해 보면 그것은 주제면에서는 초장과 중장의 이미지 image가 집약된다든가 하는 식의 의미나 기능밖에는 찾지 못할는지 모른다. 그러나, 같은 종장 문제를 가지고도 그것을 신라新羅의 향가鄕歌나 고려高麗의 속요俗謠와 접맥接脈시켜 분석하여 보면 시조의 종장이 가지는 의미상이나 형태상의 특수성이 밀접한 연관성을 가진다.

시조의 형태 구조에 대한 분석을 위하여 위에서 언급한 두 단계의 작업을 통하여 귀결되어야 할 관점은 그 형태에 대한 새로운 인식이라는 과제가 되겠다. 여기에 대하여는 여러 가지 관점에서 그러한 인식을 도출해 낼 수 있겠으나, 다음 4가지 사항을 골격으로 할 수 있다.

첫째로, 시조에서 율격을 종래에는 음수율에 의하여 측정해 왔으나 그것은 음보율音步律에 의하여 해명해야 보다 타당도가 높다는 것이다. 물론 시조에서의 음수율은 율격의 이론상 어느 한계를 벗어나지 못하는 근원적 문제점을 비롯하여 많은 취약점을 내포하고 있어 근래 와서는 음보율에 의하여 시조의 율격을 파악하려는 경향이 많으나, 그 이론적 뒷받침이 빈약하다고 하지 않을 수 없다.

우리가 흔히 말하는 음수율音數律로 시조의 율격을 파악한다면 3·4·3(4)·4/ 3·4·3(4)·4/ 3·5·4·3이라는 틀에 꼭 들어맞는 작품이 그렇게 많지 않음을 밝혔다. 그러나 그것을 음보율에 의하여 착안한다면 어느 장의 음절 수가 더 초과되었다고 하여 또는 부족하다고 하여 시조의 형식에서 벗어났다고는 할 수 없는 것이다. 따라서 같은 작품을 가지고도 음수율로 보면 어색하나 음보율로 보면 정형의 격식에 놓이게 된다는 점이 그 이론적 뒷받침이 되어야 마땅하다고 본다.

둘째로, 시조는 그 형성이나 발전 과정에서 본질적으로 음악적인 요소인 창唱과 불가분의 상관성을 가지고 있다는 점이다. 다른 문학 형태, 특히 산문散文 같은 것은 그것을 짓고, 읽고, 때로는 감상하는 단계에서 크게 비약하지 못한 상태로 내려왔으나, 시조의 경우는 그러한 표현이나 감상이라는 차원을 넘어 읊고 노래한다는 음악적인 수준까지 상대 되어 왔다는 점을 생각하지 않을 수 없다. 바로 이러한 점에 우리 시조는 남녀노소男女老少를 막론하고 또는 직업의 귀천을 떠나서 누구나 즐겨 짓고, 즐겨 부른 평민문학平民文學으로서의 기반을 다진 요인의 하나가 있지 않겠는가.

만일, 시조의 형태를 '3 · 4 음절'이라는 음수율이나 '4음보'격이라는 음보율에 의해서만 그 본질을 파악하려면 그것은 무리한 견해일 뿐 아니라, 시조의 율독律讀에서는 음악적인 요소는 따지지 않아도 좋다는 오류를 범하게 되는 것이다.

그러나 시조의 본질을 전적으로 창唱이라는 요소만을 가지고 파악하려는 견해는 시조의 형태적인 면에 많은 변인變因을 가져올 가능성도 짙다고 본다. 본질적인 면과 형태적인 면은 각각 독립성을 가지면서도 상관성을 유지해야만 문학작품은 그 생명이 있다고 보기 때문이다. 그런 의미에서 음보율에 의한 시조의 이해와 창에 의한 시조의 파악이라는 두 가지 관점은 상호보완의 차원에서 연결되어야 한다고 믿는다. 아울러 시조가 창과 함께 형성되고 창과는 불가분의 관계에 놓여 있다 하더라도, 시조는 음악적인 요소를 제외하고 나머지 가사歌詞만으로도 율독은 가능하다는 그 한계점은 다시 한번 말해 둔다.

셋째로 고시조古時調의 명맥을 이어 온 현대시조現代時調는 그 내용면에서는 말할 것 없고, 형태면에서도 많은 파격破格을 이루고 있어 그것을 올바른 관점에서 보아야 하겠다는 점이다. 물론 현대인의 복잡 미묘하게 돌아가는 생활감정을 전통적인 틀 속에 담아내기에는 무리한 일이어서 그러한 파격이 파생되었을지 모른다. 가령, 현대시조에 흔히 쓰는 구별배행시조句別排行時調라든가 자유시와 혼선을 빚을 정도의 시조 형태가 많이 나오고 있는 것이 그 좋은 예例이다.

어느 면에서는 모든 것이 자유화自由化되는 현시점에서 시조의 발전을 위해서는 납득이 가는 현상일지도 모른다. 그러나 우리 선인先人들은 불과 45자 안팎의 정형적인 시조라는 형태 속에 생활감정生活感情을 아름답게 담아내고 표현미를 살려 왔지 아니했는가.

정형定型이 가지는 성격을 덮어놓고 전근대적前近代的인 문화유산이라는 가치관을 내세운 나머지 파격만을 일삼는다면 우리는 주체성主體性이라는 것을 어디서 찾아야 할 것인가. 그 문제에 대하여는 연구의 여지가 더 있겠지만, 나로서는 못내 아쉬운 생각이 든다.

끝으로 본론에서 논한 바와 같이 시조時調는 그 형태 구조면形態 構造面에서 신라의 향가鄕歌, 고려의 속요俗謠 등과 매

우 근접된 상관성을 가지고 있다는 새로운 관점을 특히 강조
하고 싶다.

지은이 자화상自畵像

─2021년 9월 현재

이극래李極來

아호 호심湖心, 허허虛虛

출생 충남 논산

주소 (우)32596 충남 공주시 납다리길 29-7(소학동)

전화 010-3407-3191

이메일 lgrae2004@hanmail.net

학력
대전대흥초등학교, 대전중학교, 대전고등학교

국립공주사범대학(국문학 전공)

국립공주대학교 교육대학원 졸업(교육학 석사)

일반 약력
육군 제978부대

대전우체국(국가행정직 5급공무원 임용시험 합격)

육군통신학교 교관(육군교관직 4급공무원 임용시험 합격)

예산중학교, 부여여자고등학교, 논산여자고등학교,

강경여자고등학교, 국립공주사대 부속고등학교, 조치원
고등학교 근무

충무교육원 장학사(충청남도교육청 전문직공채시험 합격)

국립공주대학교 강사, 공주교육대학교 강사,

국립공주대학교 국제교육원 강사, 중부대학교 강사

충청남도 교육연수원 학사실장

충청남도 교육청 장학사

공주여자고등학교 교감, 국립공주사대 부속중학교 교감,
강경상업정보고등학교 교감

반포중학교 교장

공주시 중등교장 협의회 회장

충남인터넷고등학교 교장

국립공주대학교 교육대학원 동창회 회장

공주노인대학 학장

금강FM방송국 MC 등 역임

문단 경력

『현대문학』의 시 추천 완료, 등단(1981)

시 동인지 〈백지〉 동인, 〈충남수필문학회〉 동인

공주문학회 창립위원 부회장

한중 문화학술세미나 연수(대만)

충남중등국어교육연구회 창립위원 사무국장

《연기신문》 논설위원

한국예총 공주지부 부지부장

해외 교육문화 현지 연수(미국, 캐나다)

한국문인협회 공주지부 지부장

국정 모니터 요원

공주시독서진흥위원회, 한국언어문학교육학회 이사

충남중등국어교육연구회 공주지부 지부장

공주문화원 자문위원 및 『공주문화』 편집 주간

『충남예술』 편집위원장

한국문인협회 충남지회 회장

현대불교 문인협회 충남지회 고문

금강FM방송국 시청자프로그램 운영위원회 위원장 등 역임.

현재

국제펜클럽 충남지회 회장

한국문인협회 복지위원

한국불교문학상 운영위원회 운영위원장

한국문인협회 충남지회 및 공주시지부 고문

한국작가협회 회원

공주문화재단 선정 '이 시대의 문학인'

저서

시집 『하나 둘』 『대기실에서』 『정, 그 아름다운 이미지』

수필집 『마음의 문을 열고』 『길을 묻다』

논문 『시조의 형태구조론』, 교재 『학생교육용 예화자료집』

자서전 『꿈 그리고 추억 속으로』 등.

수상

특별교육 우수상(체신공무원교육원 원장)

교단수기공모 금상 당선(충청남도교육회 회장)

국민관광 문학작품공모 입상(국제관광공사 사장)

제2회 군내학생글짓기대회 지도교사상(공주문화원 원장)

제5회 재활문고읽기 전국대회 입상(자행회 총재)

교육연공 표창(논산시교육회 회장)

사은패(공주사대부고 학생일동)

교육공로 표창(국립공주사범대학 학장)

교육연구공로 표창(국립공주대학교 총장)

감사패(한국문인협회 공주지부장)

제4회 공주시 문화상(공주시장)

전국 교원문예작품공모 입상(한국교원단체 총연합회장)

감사패(공주사대부고 토요문학회장)

공로패(한국문인협회 공주지부장)

제1회 전국 호국문예작품공모 입상(국가보훈처장)

중등교감일반연수 성적우수상(충남교육연수원장)

사은패(공주사대부속중학교 학생 일동)

공로표창(한국교원단체 총연합회장)

한민족 통일문예대제전공모 입상(충청남도의회 의장)

송공패(충남공립 상업계고교 교장회 회장)

송공패(충청남도 교육감)

공로패(국립공주대학교 교육대학원동창회 회장)

기념패(한국인협회 공자지부 회원 일동)

기념패(대전 충남수필문학회 회장)

공로대상(한국문인협회 충남지회 회장)

공로패(공주노인회 회장)

감사패(한국문인협회 이사장)

기념패(백지 동인회 회원 일동)

제3회 충남문화예술제 공로표창(충청남도지사)

제4회 공주복지박람회 공로표창(공주시장)

공로표창(대한노인회 충남도연합회 회장)

제23회 전국 찬불가요가사공모 대상(대한불교 찬불가제정위원
회 위원장)

감사패(공주문화원 원장)

감사패(충남인터넷고등학교 교직원 일동)

청소년 홍익장 포장(한국청소년연맹 총재)

제20회 충남문학 대상(한국문인협회 충남지회 회장)

제10회 국제펜 충남펜문학상(국제펜 충남지회 회장)

한국작가협회(탄리문학상 대상)

한국문인협회(월간문학상)

지하철 안전홍보용 시공모 당선(서울특별시장)

정부포상 황조근정 훈장(대한민국 대통령) 외 다수